AF460330

1909 Décembre 29

VENTE
des 29 et 30 Décembre 1909
HOTEL DROUOT — SALLE N° 6
A DEUX HEURES

MEUBLES ANCIENS

ET DE

Styles XVIe, XVIIe & XVIIIe Siecles

Sieges en tapisserie

OBJETS D'ART

TABLEAUX

TAPISSERIE D'AUBUSSON

d'après F. BOUCHER

Tapis anciens d'Orient

Me André COUTURIER
COMMISSAIRE-PRISEUR

M. Arthur BLOCHE
EXPERT PRÈS LA COUR D'APPEL

RUE MILTON
PARIS

CATALOGUE

DES

MEUBLES ANCIENS

Beaux fauteuils en Tapisserie d'Aubusson

Époque Louis XV

SALON EN SOIERIE, PARAVENTS, VITRINES, TABLES
SALLE A MANGER, CHAMBRES A COUCHER
MEUBLES DE CABINET DE TOILETTE, DE BIBLIOTHÈQUE
ET D'ANTICHAMBRE

de styles Renaissance et XVIIIe siècle

OBJETS D'ART

BRONZES — SCULPTURES

TABLEAUX

Dessins attribués à BOILLY

BIJOUX — MINIATURES — OBJETS DE VITRINE

IMPORTANTE COLLECTION D'ESTAMPES JAPONAISES

Œuvres de Maîtres

BELLE TAPISSERIE D'AUBUSSON

« La Pêche » d'après BOUCHER

TAPIS — TENTURES — ÉTOFFES

DONT LA VENTE AURA LIEU

HOTEL DROUOT — SALLE N° 6

Le Mercredi 29 et Jeudi 30 Décembre 1909

A 2 HEURES

Me André COUTURIER
COMMISSAIRE-PRISEUR
56, Rue de la Victoire, 56

M. Arthur BLOCHE
EXPERT PRÈS LA COUR D'APPEL
21, Boulevard Haussmann

CHEZ LESQUELS SE TROUVE LE PRÉSENT CATALOGUE

EXPOSITION PUBLIQUE

Le Mardi 28 Décembre 1909, de 2 heures à 6 heures

CONDITIONS DE LA VENTE

Elle sera faite au comptant.

Les acquéreurs payeront *dix pour cent* en sus des enchères.

L'exposition mettant le public à même de se rendre compte de l'état et de la nature des objets, il ne sera admis aucune réclamation une fois l'adjudication prononcée.

DÉSIGNATION

MEUBLES

1 — Trois beaux fauteuils en bois de noyer, forme à contours fleuronnés, couverts en ancienne tapisserie d'Aubusson, offrant des médaillons à oiseaux et animaux, d'après Oudry, encadrés de rinceaux, ornements et fleurs. Epoque Louis XV.

2 — Quatre fauteuils en bois sculptés modèle à contours fleuronnés, époque Louis XV, couverts en tapisserie d'Aubusson: bouquets de fleurs sur fond blanc encadrés de guirlandes sur contrefond bleu pâle, travail postérieur.

3 — Quatre fauteuils bois sculptés, époque Louis XVI, couverts en tapisserie d'Aubusson; médaillons à bouquets de fleurs, encadrement feuilles de laurier, contrefond blanc à guirlandes de roses et cordelières XIXe siècle.

4 — Guéridon à quatre pieds, avec motif d'entrejambe en bois d'acajou, orné de bronzes finement ciselés et dorés, dessus en marbre. Style Louis XVI.

5 — Table-scriban en bois d'Afrique, finement marquetée, XVIIe siècle.

6 — Support en bois sculpté.

7 — Paravent à trois feuilles en bois sculpté et doré, dessin à guirlandes de fleurs, fonds de glace et brocart, style Louis XVI.

8 — Table bouillote en acajou et cuivres.

9 — Lit Empire en bois sculpté orné de bronzes dorés à cariatides de femmes.

10 — Petite table bouillote en acajou.

11 — Table à jeu en bois de rose orné de marqueterie.

12 — Table de forme rognon en bois de luxe.

13 — Table Empire en acajou et bronzes.

14 — Table de nuit en bois sculpté à personnages.

15 — Table en maqueterie de bois à damier.

16 — Table à trois étagères à dessus de marbre.

17 — Petite table Louis XVI.

18 — Petite console Louis XVI en bois sculpté.

19 — Bois de bergère Louis XVI, bois sculpté.

20 — Petite commode Louis XVI en bois de rose et marqueterie.

21 — Douze chaises de salle à manger en noyer sculpté, sièges recouverts de coussins en velours rouge jaspé, style Renaissance, de la maison Eymonaud.

22 — Guéridon supporté par quatre pieds, forme colonnettes en bois de noyer. Style Renaissance.

23 — Petite table chiffonnière en marqueterie de bois ornée de bronzes. Style XVIIIe siècle.

24 — Table à jeu forme Louis XV en marqueterie de bois.

25 — Table jardinière en bois de rose, palissandre et marqueterie à fleurs, ornée de bronzes.

26 — Guéridon en marqueterie de bois, orné de bronzes.

27 — Cabinet japonais en laque noire, décor à personnages.

28 — Grand Tabouret oriental orné d'inscrustations de nacre et d'argent.

29 — Meuble de salon en bois sculpté et doré, dessin à rubans enroulés, rais de cœur et attributs aux Arts, couvert en soirie jaune brochée blanc à fleurs; composé d'un canapé, deux fauteuils et quatre chaises. Style Louis XVI.

30 — Petite console d'applique en bois sculpté et doré, surmontée d'une glace à encadrement sculpté à jardinière fleurie, perles et rais de cœur. Style Louis XVI.

31 — Deux chaises légères, Louis XVI, en bois doré, couvertes en panne crême

32 — Guéridon rond en bois sculpté et ajouré, parties dorées; dessus marbre onyx. Style Louis XVI.

33 — Guéridon carré, en bois sculpté et ajouré, parties dorées; dessus marbre onyx. Style Louis XVI.

34 — Guéridon rond, en bois sculpté et doré; dessus marbre onyx. Style Louis XVI.

35 — Ecran en bois peint blanc avec tablette, feuille en soirie brochée.

36 — Support Louis XVI, en acajou, dessus marbre avec galerie en cuivre.

37 — Deux supports en bois de fer sculpté et ajouré ; dessus marbre. Travail chinois.

38 — Glace, encadrement en bois peint vert à rehauts d'or. XVIIIe siècle.

39 — Baromètre-thermomètre, encadrement doré.

40 — Etagère à hauteur d'appui, en acajou ; montants à colonnes torses.

41 — Guéridon carré, orné de bronzes; dessus marbre. Style Louis XVI.

42 — Deux chaises Louis XVI, couvertes en velours vert.

43 — Table à jeu Empire, en acajou, orné de bronzes dorés.

44 — Secrétaire Empire, en acajou, orné de bronzes dorés; dessus marbre noir.

45 — Console Empire, en acajou ornée de bronzes dorés; dessus marbre noir.

46 — Lit en bois sculpté, montants formés de colonnettes cannelées; gaîné d'étoffe fond crème brochée. Epoque Louis XVI. A été repeint en blanc.

47 — Armoire à glace, en bois laqué blanc.

48 — Bergère à oreillons, en bois sculpté, peint en blanc, couverte en velours de Gênes, fond crème. Style Louis XVI.

49 — Tabouret en bois peint blanc, couvert en velours frappé.

50 — Coiffeuse, forme rognon en bois sculpté peint en blanc, surmontée d'une glace triptyque; dessus marbre blanc. Style Louis XVI

51 — Petite table en bois peint blanc et cannée, formant jardinière dans le bas; dessus marbre. Style Louis XVI.

52 — Chaise légère en bois peint blanc et cannée.

53 — Secrétaire chiffonnier en marqueterie de bois, orné de bronzes. Style Louis XV.

54 — Glace ancienne, avec cadre ajouré en bois doré.

55 — Chaise basse Louis XVI en bois doré, couverte en étoffe rayée.

56 — Table de salle à manger en bois sculpté, peint en blanc, posant sur quatre pieds cannelés reliés par un entrejambe. Style Louis XVI.

57 — Meuble ouvrant à deux portes pleines dans le bas, et formant étagère dans le haut, en bois sculpté et laqué blanc.

58 — Support d'applique, en bois peint blanc, Style Louis XVI.

59 — Six chaises en bois sculpté peint en blanc, dossiers forme lyres, sièges cannés, couvertes en velours rouge.

60 — Encoignure Louis XVI, en marqueterie de bois de placage; entrées de serrures en bronze; dessus marbre veiné.

61 — Petite desserte ronde, en bois orné de marqueterie à fleurs.

62 — Grande armoire en bois peint en blanc, ornée de petites glaces.

63 — Porte-manteau d'applique en bois peint blanc.

64 — Porte-parapluie en bois peint blanc et canné.

65 — Grande glace avec cadre en bois peint blanc.

66 — Armoire en bois laqué blanc, ouvrant à deux portes dont une ornée de glace.

67 — Fauteuil bas en bois peint blanc, couvert en velours vert de Gênes. Style Louis XV.

68 — Petit meuble Louis XVI, en bois peint blanc sculpté à corbeilles fleuries et têtes d'anges; dessus en marbre.

69 — Bureau plat en bois orné de bronzes. Style Louis XVI.

70 — Toilette en pitchpin, dessus marbre blanc.

71 — Lit en fer peint en blanc et cuivre.

72 — Toilette, dessus marbre blanc.

73 — Perroquet américain, âgé de quatre ans, remarquablement doué et ne mordant pas.

74 — Table à jeu, style de Boulle, en marqueterie, ornée de bronzes.

75 — Table orientale, incrustée de nacre.

76 — Deux tabourets d'Orient, ornés d'incrustations de nacre.

77 — Meubles divers de fantaisie.

OBJETS D'ART

78 — Grande et belle potiche en ancienne porcelaine du Japon, à riche décor de personnages, ornements et fleurs en polychrome et or.

79 — Paire de grands et beaux bras d'appliques à trois lumières en bronze ciselé et doré, à guirlandes de fleurs. Style Louis XVI.

80 — Deux beaux chenêts en bronze patiné et doré, modèle au sphynx couché sur terrassement à console. Style Louis XVI.

81 — Groupe en bronze, symbolisant la Musique sous les traits d'une Muse et d'un Amour. Signé. M. Moreau.

82 — Groupe en bronze, représentant la « Danse des Nymphes», d'après Clodion ; sur socle en marbre rouge veiné.

83 — Deux flambeaux en cuivre.

OBJETS D'ART

ET DE VITRINE

84 — Groupe en bronze sur plinthe tournante de deux personnages; signé Eug. MARIOTON. Edition de la maison E. COLIN.

85 — Deux candélabres à quatre lumières, en bronze doré, décor à rocailles. Style Louis XVI.

86 — Brûle-parfums à anses en bronze, décoré en relief de dragons en furie; couvercle surmonté d'une chimère. Travail chinois.

87 — Statuette d'ange en bronze.

88 — Statuette de cuisinier en bronze argenté; signé WAGNER. Edition de MARTIN.

89 — Statuette de femme en bronze, sur bloc de marbre blanc. Socle peluche.

90 — Deux colonnettes en marbre onyx et bronze. Socles peluche.

91 — Petite garniture de cheminée, composée d'une pendule et deux flambeaux à deux lumières, en bronze doré et patiné et marbre rouge, modèle à amours. Style Louis XVI.

92 — Deux flambeaux en bronze.

93 — Lampe formée d'une statuette d'Apollon en composition.

94 — Garniture de cheminée de style Louis XVi, en marbre noir et bronze doré, composée d'une pendule surmontée d'une statuette de Bacchus et de deux candélabres supportés par deux figurines d'amours.

95 — Deux coupes en marbre noir et bronze ciselé à couvercles surmontés d'amours. Style Louis XVI.

96 — Groupe en marbre: Amours se disputant un cœur.

97 — Statuette de jeune garçon en marbre.

98 — Buste de femme en marbre avec rose au corsage. Style XVIIIe siècle.

99 — Chien de chasse en bronze, signé Arson.

100 — Vache en bronze, signée Arson.

101 — Groupe de deux chiens attachés, en bronze signé Calanetti.

102 — Statuette de Confucius en pierre de lard; travail ancien de Chine.

103 — Vase en cristal monture bronze.

104 — Statuette de Figaro, en faïence de Pull.

105 — Carnet en écaille incrustée d'or, orné d'une miniature et d'émeraude.

[illegible] — [illegible] en terre [illegible].

[illegible] — B[illegible] en cuivre.

[illegible] — Vase en cuivre

109 — Garniture de cheminée Louis XVI composée d'une pendule et de deux flambeaux.

110 — Pendulette Louis XV, ornée d'émaux.

111 — Deux appliques en cuivre.

112 — Miniature Empire, signée DELTIL.

113 — Bonbonnière en ivoire, ornée d'une miniature sur le couvercle.

114-115 — Deux groupes en porcelaine de Niederwiller: Le petit voleur; Berger et bergère.

116 — Jardinière à anses en faïence décorée.

117 — Trois porte-bouquets en verre gravé et décoré.

118 — Cruche en grès émaillé.

119 — Support en faïence.

120 — Cache-pot en porcelaine de Chine décor bleu sur blanc.

121 — Eléphant en plâtre; socle peluche.

122 — Coupe à fruits, porcelaine décorée.

123 — Deux potiches couvertes, en poterie japonaise, décor à médaillon de personnages et paysages.

124 — Six coquetiers avec plateau et corbeille en porcelaine décorée.

125 — Service composé de deux carafons, quatre verres et un plateau en verre teinté et décoré.

126 — Service à thé, en porcelaine décorée en camaïeu vert.

127 — Corbeille à pain et [illegible] à asperges en faïence décorée.

128 — Lot composé d'un porte-huiles, galerie, et carafons en cristal.

129 — Beurrier, couvercle et plateau en métal argenté.

130 — Grande statuette morse sur socle bois de fer. Signée.

131 — Poudrière en ivoire, couvercle surmonté d'un ours.

132 — Groupe ivoire: Bouddha et cigogne.

133 — Statuette morse.

134 — Statuette ivoire: Musicien soufflant dans une coquille.

135 — Marchand de poisson en morse.

136 — Six netskés ivoire.

137 — Six netskés bois et ivoire.

138 — Petit magot en jade blanc.

139 — Lion, en cristal de roche.

140 — Tabatière en jade.

141 — Manche de canne, en agate

142 — Eventail, décor à rehauts d'or, monture nacre ajourée.

143 — Collier en améthyste.

144 — Plateau bois de fer orné d'incrustations de nacre.

145 — Grand vase émail cloisonné, à deux anses.

146 — Vases à panses aplaties, émail cloisonné.

147 — Grand brûle-parfums émail cloisonné.

148 — Bol émail cloisonné.

149 — Petite potiche terre cuite.

150 — Plat en céladon.

151 — Bouddha en porcelaine de Chine, fond jaune.

152 — Petit vase en porcelaine de Chine, décor polychrome.

153 — Grand vase porcelaine de Chine, bleu sur blanc.

154 — Deux potiches à fleurs, fond blanc.

155 — Potiche couverte décor polychrome.

156 — Deux vases à anses, décor à oiseaux.

157 — Deux petits vases a fleurs, fond rouge.

158 — Deux vases à fleurs, fond rouge et crème.

159 — Grand cornet, fond rouge.

160 — Potiche couverte à fleurs, fond vert.

161 — Grand vase, décor à paysages, fond blanc.

162 — Deux vases en porcelaine de Chine, décor à objets d'art dans le goût de la famille rose.

163 — Deux petits vases en porcelaine de Chine, coquille d'œuf, décor à volatiles.

164 — Deux vasques en porcelaine de Chine, décor à volatiles perchés dans des branchages fleuris.

165 — Brûle-parfums et deux vases en porcelaine de Satzuma, décor à personnages sur fond d'or.

166 — Trois brûle-parfums en émail cloisonné de Chine.

167 — Deux groupes de personnages en morse.

168 — Groupe de cinq personnages en morse: la partie de musique; socle bois de fer.

169 — Quatre tasses à café en porcelaine de Saxe et de Vienne.

170 — Deux vases persans en cuivre.

171 — Brûle-parfums persan en cuivre.

172 — Lot de bijoux d'Orient (sera divisé).

173 — Grand vase persan en cuivre gravé.

174 — Coffret à ouvrage indo-persan, ivoire et mosaïque.

175 — Coffret à bijoux persan, velours et perles de couleur.

176 — Poignard chinois en laque.

177 — Carafe, carafon et sucrier en verre de Bohème rose.

178 — Plateau bronze et glace.

179 — Coffret à bijoux émail de Canton, fond rose.

180 — Bonbonnière Saxe émaillée, fond jaune.

181 — Brûle-parfums et deux vases à anses en bronze du Japon, décor en relief.

182 — Brûle-parfums en porcelaine de Chine, décor à dragon.

183 — Statuette de femme en porcelaine de Kutany.

184 — Chimère en porcelaine de Kutany.

185 — Brûle-parfums et deux petits vases en porcelaine de Satzuma.

186 — Coffret en émail cloisonné de Chine.

187 — Trois animaux en morse.

188 — Statuette de femme en morse.

189-190 — Deux statuettes de femmes en morse.

191 — Six netzké en ivoire.

192-194 — Trois groupes en morse de deux personnages.

195 — Curieuse statuette en deux parties en bronze: la femme au miroir. Travail chinois.

196 — Grande et belle statuette en bronze massif représentant un ours; socle bois. Travail chinois.

197-198 — Trois haches persanes en acier damasquiné.

199 — Fourche persane en acier damasquiné.

200 — Massue, forme tête en fer damasquiné d'argent.

201 — Vase en porcelaine craquelée de Chine surmonté d'un dragon.

202 — Grande hache en acier damasquiné d'argent.

203 — Cache-pot en poterie chinoise, décor à personnages en relief sur fond rouge.

204-205 — Deux jardinières en porcelaine de Chine, décor à médaillons.

206 — Tasse en porcelaine ancienne de Satzuma.

207 — Groupe ancien de deux éléphants en ivoire.

208 — Vase en poterie flammée du Japon orné de métal.

209 — Autruche en fer damasquiné. Travail persan.

210 — Coq en fer damasquiné. Travail persan.

211 — Lot de coraux.

212 — Deux châtelaines oxydées ornées d'applications.

213 — Six bracelets émaillés.

214 — Quatre pendentifs: coraux et pierres bleues.

215 — Grande miniature ovale sur ivoire: « La Comtesse Potocka », cadre bois doré.

216 — Miniature ronde sur ivoire: « Jeune Anglaise », cadre bois sculpté.

217 — Miniature ronde sur ivoire: « Mme Récamier », d'après GÉRARD.

218 — Boîte en bronze ciselé et doré avec miniature sur ivoire: « portrait de femme ».

219 — Coffret à bijoux en bronze argenté avec miniature sur ivoire.

TABLEAUX

DESSINS, PASTELS, GRAVURES

BOILLY (Attribué à L. L.)

220 — Vues du gare de Versailles animées de nombreux personnages.

Deux dessins intéressants.

BREUGHEL (Ecole de)

221-222 — Les Travaux champêtres.

Deux peintures sur cuivre.

BERTIN (Attribué à)

223 — Bords de rivière boisés avec figures.

FRAGONARD (D'après)

224 — La Déclaration.

225 — Le Serment.

Deux gravures en couleurs.

GIGOUX (Jean)

226 — Portrait du Général Baron Donzelot.

Représenté en pied; grandeur nature.

Accompagné des lettres patentes l'honorant du titre de Chevalier de l'Ordre militaire de Saint-Louis.

GIGOUX (Jean)

227 — Portrait.

MICHAU (Attribué à)

228 — Les bords de l'Escaut.

STORCK (Attribué à A.)

229 — Ville au bord d'un fleuve, animée de nombreux personnages.

ECOLE 1830

230 — Portrait de femme.

ECOLE FLAMANDE

231 — Paysage avec animaux.

ECOLE FLAMANDE

232 — Les buveurs.

Trumeau, encadrement en bois sculpté et doré à rocailles.

ECOLE FRANÇAISE

233 — Portrait de femme.

Pastel.

ECOLE FRANÇAISE

234 — Allégorie à la Peinture.

Grisaille en camaïeu.

ECOLE FRANÇAISE

235 — Scène mythologique.

Gouache ovale.

ECOLE FRANÇAISE

236 — Vue d'un port de mer.

Gouache.

ECOLE FRANÇAISE

237 — Convoi escorté de militaires.

Gouache.

ECOLE RUSSE

238 — Scène allégorique.

239-248 — Dix tableaux d'écoles diverses à sujets variés.

249 — Lot de quatorze gravures et photographies encadrées (seront divisées).

ESTAMPES JAPONAISES

250 - 308 — Intéressante collection d'*Estampes Japonaises*, signées de Maîtres connus, comprenant :

Divers.	28 estampes.
De Koumi-Sada	12 estampes.
De Toya-Kuni	42 estampes.
De Yesen	10 estampes.
De Yoshisada	6 estampes.
De Kunitchika	8 estampes.
De Hoko	12 estampes.
De Yoshifuji	4 estampes.
De Schizenobou	4 estampes.
De Kuniyasou	3 estampes.
De Scudaiidé	6 estampes.
De Hiroshigé	20 estampes.
De Kuniyoshi	13 estampes.
De Toyokuni	365 estampes.
De Kuniyoshi	182 estampes.
De Hiroshigé	84 estampes.
De Hoko	55 estampes.
De Kunisada	70 estampes.
De Yoshisada	15 estampes.
De Kunitchika	14 estampes.
De Sadahidé	14 estampes.
De Yeisen	9 estampes.
De Yoshitsouma	3 estampes.
De Hoyen	3 estampes.
De Sencho	2 estampes.
De Shunsen	3 estampes.
De Kounihiro	4 estampes.
De Hirosada	3 estampes.
De Sadatora	3 estampes.

De Yoshikiri	6 estampes.
De Kuniyasou	3 estampes.
De Kunimaru	6 estampes.
De Yoshifuji	4 estampes.
De Yoshitoshi	3 estampes.
De Yoshiharu	3 estampes.
De Kuniaki	3 estampes.
De Yoshikatou	2 estampes.
De Shuntei	2 estampes.
De Fousatané	2 estampes.
De Kunitshuna	2 estampes.
De Kounitomi	2 estampes.
De Kuniterou	2 estampes.
De Toshitchika	1 estampe.
De Yoshitchika	1 estampe.
De Kunikiyo	1 estampe.
De Kiyonaya	1 estampe.
De Konubu	1 estampe.
De Kuniharu	1 estampe.
De Kunishiro	1 estampe.
De Kounisato	1 estampe.
De Shunsho	1 estampe.
De Shucho	1 estampe.
De Schunkaï	1 estampe.
De Kuninaya	1 estampe.
De Kuninasa	1 estampe.
De Hoki	1 estampe.
De Schiyenobou	1 estampe.
Divers	234 estampes.

TAPISSERIE

TAPIS, TENTURES, BRODERIES

309 — Belle tapisserie d'Aubusson, représentant la pêche.

Gracieuse composition de quatre personnages groupés au bord d'une rivière à l'abri d'une maison rustique dans un paysage très ensoleillé, un chien à gauche aboie sur un baquet où l'on plonge le poisson.

Bordure simulant un encadrement orné de bouquets de fleurs. Exécuté d'après un carton de BOUCHER. Travail dans le goût du XVIIIe siècle.
Long.: 2^{m}50; Haut.: 2^{m}25.

310 — Grand et beau tapis de galerie à petit dessin sur fond bleu, bordure multiple, de Perse XVIIIe siècle.

311 — Tapis de Feharan, fond rouge.

312 — Tapis des Indes

313 — Tapis de Karamanie.

314 — Tapis de Smyrne.

315 — Six morceaux de filet ancien (sera divisé).

316 — Tapis de prière d'Asie, fond rouge, bordure polychrome.

317 — Tapis de prière de Shirvan.

318— Descente de lit de Khiva.

319 — Petit tapis d'Asie, fond rouge, dessin dit mosaïque.

320 — Lot d'étoffes et broderies d'Orient (sera divisé).

321 — Tapis fond jaune, dessin à médaillon rouge.

322 — Tapis fond jaune, XVIe siècle.

323 — Pièce de damas rouge.

324 — Lot de bandeaux en damas rouge.

325 — Portière de mosquée, fond satin bleu, brodée or avec inscriptions.

326 — Grand tapis persan fond rose pâle, avec médaillon et bordure polychrome.

327 — Tapis Shirvan, fond rouge, bordure crême.

328 — Tapis Yordès fond crème, dessin velouté à médaillon.

329 — Bande en velours oriental.

330 — Dessus de table satin rouge, brodé.

331 — Grand châle cachemire.

332 — Baldaquin en bois sculpté et peint blanc. Style Louis XVI; draperie en étoffe à fleurs.

333 — Paire de rideaux de même étoffe.

334 — Quatre descentes de lit de Smyrne et européennes.

335 — Deux tapis moquettes fond crême.

336 — Tapis moquette, fond vert.

337 — Paire de rideaux en soirie jaune, moirée et brochée à bandes.

338 — Lot de rideaux de vitrages.

339 — Deux paires de rideaux en soirie jaune, brochée ton sur ton, dessin à fleurs (avec embrasses et galeries).

340 — Trois brise-bise.

341 — Lot de coussins et tabourets de pied.

342 — Tapis de Smyrne, fond rouge, dessin polychrome.

343 — Tapis de table en peluche rouge.

344 — Deux paires de rideaux avec bandeaux en velours rouge orné de bandes en imitation de tapisserie.

345 — Tapis de table en toile brodée de Bulgarie.

346 — Tapis en velours, fond rouge.

347 — Tapis en velours, dessin à mosquée.

348 — Objets omis.

www.ingramcontent.com/pod-product-compliance
Ingram Content Group UK Ltd.
Pitfield, Milton Keynes, MK11 3LW, UK
UKHW020215180726
13838UKWH00005B/2002